甲木木　著

以愛養生

甲木木詩集

Nurture with Love

以精準的文字和意象，讓讀者感動

去年底甲木木邀我為她的詩集《以愛養生——甲木木詩集》寫序，她認為我多次選刊她的詩作一定有個看法。

說看法是有的，但要有說法則未免為難。

我是一個討厭一首詩一定要說法的人。因為詩的本身已是分明，何須註解。然而長期以來大多的論評家太熱衷扮演推銷員和解人的角色，為了推銷商品，不惜引經據典，長篇大論硬掰一通。

詩應該留給讀者參與創作，並從中獲得樂趣和滿足。我只服膺一個道理，一首好詩在你第一次讀它的時候就感覺出來。一個詩人應該像電影的演員一樣，他的任務是盡職地把劇中的角色演好。能以最精準的文字和意象，

生活就是詩，詩就是生活

瘂弦說：「一首不可解的詩，並不一定是首壞詩，除非它是不可感的。新舊之爭恆由於『解』與『感』它。這兩個字觀念上的差異。他們看不懂那首詩的原因是他們永遠固執著去『解』它而不知去『感』它。」

詩是感性的，不必求甚解。甲木木的詩，我大多喜歡，也有感，而感之最深切的是，她的歐風與禪理。

〈一種錯落的美——阿西西〉：「隱居的憂愁開始，播下歡愉的種子／絕望　變成一張模糊的地圖／山城　花開成了聖語的高度。」〈愛琴海〉：「美，以亞歷山大的方式征服／在燦爛的午後／駕著阿波羅的金色馬車／在宇宙中來回奔走。」〈翡冷翠〉：「何以下筆素描你／你未著美裳，僅披薄紗

／月一樣的緘默／風雅地縱情望著我／含情脈脈／遞給我一束溫柔／害臊的樣兒想入我的詩冊。」歐遊心影，筆之於詩，我喜歡這種歐風。

甲木木的詩有禪理，〈禪來禪去〉、〈真空妙有〉、〈儂情〉，有神妙佛性吹拂，以紙畫押成文字般若。亦喜化用中國古典，這些我也很喜歡。

雲南詩人雷平陽說，詩歌就是「觀世音菩薩」，「觀世」是指詩人與外部的大關係，要觀察和體認世界。「音」是指詩歌的音律、節奏、韻味，係詩歌內部的藝術特徵。「菩薩」指詩人要有菩薩一樣的悲憫情懷，要能悲天憫人。甲木木的詩心與詩藝，庶幾近之。甲木木的生活就是詩，詩就是生活。她勤耕詩田，詩苗青，詩果豐碩，化檸檬為汁液，以五穀成佳釀，細細品嚐，可使人微醺中體悟自然人生的妙理。

國立成功大學國文系副教授　林耀潾

把光嫁給天上的銀河

關於現代詩，我們一直對詩人嚴格要求的質素究竟是什麼？在經過現代詩論戰後的今天，早被詩評家解構完成；但誰能真正告訴我們？那麼多年輕詩人前仆後繼，挺身投入為現代詩注入各種不同元素和生命力，反而呈現出頹靡之勢，原因究竟出在哪裡？是出在年輕詩人們不懂得詩的基本質素？那麼自藍星、創世紀、秋水、笠詩刊等以來的眾多詩刊，豈不令人疑惑，令人徒搔白頭；原因是現代詩人們，忙著實驗晦澀難解的語句？這在現代詩語言論戰之後，也曾被當時的新生代詩人反撲；二十一世紀前衛的今日，這個問題顯然沒見多大改善。

我們一直企圖去理解現代詩的發展，但顯而易見，所有這方面的努力，還不如鼓勵詩人們寫出雋永的作品，唯有令讀者感動，並且樂於接觸和閱讀現代詩，才能突破現在窘困的境地，提昇為現代文學的主流。

初讀甲木木的詩，感覺是震撼的。因為她對文字的運用時常讓人莫名驚喜；譬如她在〈心靈莊園〉一詩中說：「這八方之地，我代上帝畫押給你／心靈莊園任你種植。」可見她的詩是極富真摯與熱誠的；對於這座美好莊園，我想植栽的就是她一首首用靈魂寫成的詩的作物。她喜歡繆思，因為她對文字有種非凡的想像；〈靈媒〉一詩她說：「管住　不肯振翅的墨／從細沙中竄出一對翅，背脊鑲嵌天文／振翅開張　銳不可當」。在這裡，她竟然變成文字和詩的天使，張開羽翼飛往更高的詩的國度。譬如〈駱駝〉：

最後一滴淨水
觀音的淨瓶盛走
拒絕水上漂的舟，風沙止步
烈日以滾燙長吻
燙翹了我美麗的睫毛
綠洲，是庇護我的御守

整首呈現了甲木木獨特的風格，以及文字上過人的靈思；前兩句雖重複使用了兩個淨字，而意象上卻沒有重複的繁瑣；這是鋪陳詩的背景——沙漠，一個絕佳方式，這第一句是極為傑出的破題，感覺是沙漠中久渴的行者，對一滴水也珍惜仰望得殷切。用觀音的淨瓶來隱喻潛藏的第二意象海洋，再用海洋與沙漠相對的關係做延伸；詩的第三句更銜接得天衣無縫絲毫不見工匠痕跡，而且暗示性引出詩的主題「駱駝」！正是沙漠之舟，而這句「拒絕水上漂的舟，風沙止步」，更讓人得以想見那種海市蜃樓滄海桑田的意象；而第三句可說是一種結構上的轉折，也是全詩高潮的起始處，詩人才華的高低，就顯現在這一句功力；我們知道，詩人最神奇的地方，便是把平凡的文字，變得極不平凡；讓人有種烈日當空，灼氣炎炎的酷熱；「烈日以滾燙長吻」在沙漠中這種吻，一點也不浪漫，簡直是比十大酷刑，更讓人不堪，但甲木木卻用她獨特的視角靈覺，來描繪這種天地景況；而下一句，只是「燙翹了我美麗的睫毛」又馬上把詩的畫面從「烈日」轉到「美麗的睫毛」，帶著一種堅毅和調侃並存的意味；這一浪高過一浪的節奏，驟然停駐在「燙翹的美麗睫毛前」，引喻出「雙駝峰」這一主題的圖騰和意象。這明喻暗喻引喻環環相扣，意象圖象畫面層層加疊，真讓人對全詩表現驚豔不已；而最後結尾，就像是完美的收官，讓人有餘音繞樑久久不散的感覺。

而這樣精采演出的作品，遍佈在甲木木詩集《以愛養生》的各個篇章中；最後我們來談談〈撒哈拉沙漠〉，這是一首情詩，但並不妨礙這首詩所具有的內涵。

又屈又撓的是，你隱在暮光後

我們通常慣於引用成語「不屈不撓」，但詩人偏偏要改成「又屈又撓」，這是她最拿手和最常使用的技法，也是甲木木的詩語言活潑不受文字慣性束縛的一個證明；而「你隱在暮光後」，馬上就把第一句詩給點活了某種景象，那躲在沙漠夕陽背後又細長又彎曲的影子是誰呢？

我無法感應的閃
那是上帝　忘了給你
落腳的默許

逃不出風神的擁抱
任海市蜃樓去買雷雨風電

「我無法感應的閃」，這個「閃」字，是一個很流行，又很特殊的用字；這個閃有點像林燿德的「銀碗盛雪」；「銀的雪白，雪的銀白，剎時幻滅。」俗話就是對眼。換成行話就是磁場感應對不對盤，也就是來電不來電的意思；但詩人顯然是被電到了，不管怎麼否認，最終還是要面對這種朝行雲暮止雨朝思暮想的情懷；「那是上帝　忘了給你／落腳的默許」，默許是女孩子感情矜持的一種表現方式；「逃不出風神的擁抱／任海市蜃樓去買雷雨風電」，海市蜃樓本就是一種迷幻，暗喻對方甘心給虛幻撞騙。

沙是纖瘦的淚，要黑夜頂罪

沙漠的沙，最後一滴水，都被觀音淨瓶取去，那淚呢？淚是纖瘦的，瘦成乾涸的泉！「要黑夜頂罪」，在詩學中，「黑」與「夜」都有暗隱為陰，陰指女，也就是要女生來頂罪的意思。

荒謎踩著星星
夜夜露宿在大漠　聽響沙
撒哈拉上空的月外出度假

荒謎是什麼謎，是亙古之謎，也就是男女關係之謎；在愛情原始混沌的狀態中，愛不愛因果糾纏，兩人關係未明朗前，切勿妄下定論。其實，這下半段前四句是連貫和一氣呵成的，意象上描繪的是沙漠黑夜的景緻，但在景緻的背後，隱藏著兩人時而衝突時而冷淡的關係；最後連月亮都開了天窗，跑去度假；在詩學中，月亮暗指女孩，女孩消失了，夜晚的撒哈拉沙漠，不見月，只聽見沙響的靜寂。

飛行的瞳，躲進夢幻寶盒
傳不過去的眼神
是　抓不住的迷幻
被熱浪
阻擋

「飛行的瞳」，指的是女孩的眼瞳，眼瞳躲進夢幻寶盒，表示和現實的相對；在現實中，女孩被撒哈拉沙漠海市蜃樓美好矇騙，開始逃避愛情，卻又不確定兩人關係存續與否矛盾著；愛情的矛盾，顯示在女孩疑惑的眼神中的那個閃，撒哈拉沙漠沒有解答，之所以無解，是因迷幻的眼神被熱浪遮住了視線。

我對這樣的詩有種「求詩若渴」的戀慕，幾乎她的每一首詩，都會有別具靈性的巧思，不管是古典或者禪思，在詩筆之下，都凝注著一種文字全新闡釋的境界，她的確是文字的魔幻師，在點化文字成詩的時候，確實注入了和靈魂同質的心血；我很榮幸在現代詩的路上和她相遇，也很榮幸能推介才華和風格並具的詩人甲木木的詩集。

詩人　周綠川

給甲木木的小序

很高興分享甲木木詩集出版的喜悅，這感覺很奇妙，彷彿我的生活空間裡多了一個窗口，透過她的詩歌散文經常可以望見美麗的風景，想必詩人胸次有高山清泉，肯定是充滿靈氣的人，深深祝福第五本書《以愛養生》及第六本書《幸福專賣店》新詩集的出版順利成功。

莊淑惠　時報文化網文學副刊主編

自序

法國Chazal有一句名言“Art is nature speeded up and God slowed down.”藝術是造化加快腳步，是神減緩腳步。不同人生接觸的感動，轉化揉合下筆成詩成藝術。在造化與上帝之間，詩是靈動之鑰，難耐自框自限的鎖；詩是亞熱帶的汪洋，溫暖而豐饒。

詩之動人處，正因聚焦，能盡釋鬱壘，感動他人。教生命成其大，境界得其深、可淡定、可安然。當自我縱躍入詩世界裡悠游，這游，乃不落一根；這游，是幻化萬千，在句點之後猶能有小小的驚喜從筆尖走出去。謝默斯希尼在他一九八八年的詩學論文中談到：「詩，畢竟是雅致、憂思和微不足道的，但詩在某種意義上，是無限的，哪怕詩僅有一種小小的亮度，有那麼一刻止住了混亂。」

人生的諸多不圓滿，誰不願在生命的前線打一場漂亮的仗，而這條人跡較少的路或許可更耐走經走，更深邃綿長。無所不在的潮音，準備好淬煉出不平凡的靈魂，唯有從豐盈恩寵中剎然覺醒，才能探觸刻骨與不幸的生命，圓成自己的生命學習。

飛入靈性吧！生命若等著一種較深刻醒悟，即使在最平凡、最渺小的時刻，也必要是種敦促的記號，一種對它見證的話，何不讓靜態的詩情來烙刻夢境，迎向生命本然的樣子，假如所有詩都具有獨白性質。

爾後，這毫無保留的詩句，要以無比謙恭的誠意，與諸君共吟生命最美妙的音域，借詩環叩起萬朵漣漪，這詩底的每一束細膩，都在表露我最感動的珍惜，珍惜每一顆悸動的心翼，我努力讓它們做到少一份刻意安排，多一份觀照放情，方才有幸與每顆不朽的詩心更親近，且讓生命同你我共享這一襲為真情加冕的饗宴。

詩如銀嵐　緣而葆真
回環深曲　詩短情長

報以天地　瓊瑤之玉
表一束心　匡我不逮

甲木木 二〇一一·三·一

目次

卷二 心靈莊園

卷三 詩蹤

卷五 神奇的藥

卷六　千山萬水

卷一

以愛養生

以愛養生

修成正果的花
弓身要落髮為泥
醒露　搶先為她輪迴閃出
暗藏雨季的後悔似乎
結痂了
可惡隱隱迤邐的風
奔赴了一世又一世
放任兩世一身的逢
懸愁偌大驚痛

飛行的漂泊　夜行不休
飛成三月逐水而居的小島
縮在河底啞口無言的驕傲
托住低雲托住
為一再空襲的回顧　憑弔

等　是必要的苦
等到遠方的魚都愛過兩次
死過一次　出竅的靈魂在河畔奮游
游出一座以愛養生的島嶼

刊登於臺灣現代詩學
《笠詩刊》第二八四期二〇一一・八・十五

幸福版畫

能夠的話
請為我畫一幅幽幽雀躍的幸福
讓向來沉默的染料去吱吱喳喳
邀白色扮演好一襲山盟海誓的紗

也許淡淡的藍，開始懂得失眠的藝術
當勾勒的紫丁香氣一吐出　雲才發現
原來金黃的氣度最大，容得下一整座天空
澄亮那片深不見底的水域
誰都可以清楚的聽到，顏色正在歡喜傻笑

能夠的話
請預留一小小空白讓撒嬌的我塗鴉好嘛？
你可添一筆綠意　從石榴下生長盎然
小小的星，將隨紅意發
幸福把自己壓縮成一幅夏卡爾的畫

刊登於臺灣現代詩學
《笠詩刊》第二八六期　二〇一一．十二．十五

承諾

我是你夢中遙想的一夜綿緲
嫵媚的笑……閃在眉梢
你　永遠也猜不到
憂傷的海濤　為何要笑

我是你永遠都觸不了的承諾
微細輕轉著……沉默
你　一點也不必俯首
傾落那不雨似愁的獨奏……

刊登於時報文學副刊二〇一一·四·九

拒簽

守候，是一蓬幽幽的靛藍
淡得可以打翻整座寂寞海洋
天堂的渡口，被大舉進犯
請問　這一汪藍
我可以拒絕簽收嘛？
可以用一管筆
敲碎排列好的孤獨嘛？
可否佐一段華麗的慷慨激昂嘛？
如果愛　還在……

刊登臺灣時報臺灣文學副刊二〇一一．十一．二十二

輕叩

原來
我是要一少許的情調
獨弄愁煙細草
輕惹沉浮心中集攏的糾結
我本無意輕叩
不過是　與花共聆一晚
在桑間濮上
脈脈　捲瓣……

原來
我是要一少許的曲調
獨撥陳年舊調
讓餘音綴出心事重新繞一繞
我本無意撥擾
不過是
　琴在手中撥
　情自心中過……

寫於奧地利
刊登於時報文學副刊二〇一一・四・三

想

愁雲迷戀著慘霧
黑夜不認識白晝
白晝也從不回頭

你怎能叫迷惘
獨自遠渡重洋
只因那困惑的宙
不願與神謎的星辰糾纏

籠著層層不確定的迢迢
直掀那再三暗藏的渺
以經緯縱橫
恣畫方圓　讓相思浮潛
一向獨來獨往的　想
以群飛的方式向銀河道
晚安

寫於紐西蘭
刊登於時報文學副刊二〇一一・三・二十七

留雲借月

親手　以朱砂落了款豪烈
潑墨香……濺飛
濺起豪情更勝風月一闕
拓出的臨帖……懸淚
留雲借月
　無非是想拓印驚鴻一瞥
一生　一會
將前世欠出的真……圈回
錦瑟華年思之　不能奮飛
　茫然不知涯涘　窮山惡水

讀不懂　天上詞闋……
度不了　三祇百劫……

刊登於時報文學副刊二〇一一・三・二十六

撒哈拉沙漠

又屈又撓的是，你隱在暮光後
我無法感應的閃
那是上帝　忘了給你
落腳的默許
逃不出風神的擁抱
任海市蜃樓去買雷雨風電

沙是纖瘦的淚，要黑夜頂罪
荒謎踩著星星
夜夜露宿在大漠　聽響沙
撒哈拉上空的月外出度假

飛行的瞳，躲進夢幻寶盒
傳不過去的眼神
是　抓不住的迷幻
被熱浪
阻擋

刊登於臺灣時報副刊
臺灣文學二〇一一．十．十三

隱題詩

重來一遍的話湖鷗依然選擇飛離
逢晴天白色的羽翼才會再次活躍起
只在陰天裹著情複習永誌不渝
為的是散出久埋如礦的氣息
下太多的是眸裡那場無法放晴的雨
一江煙草滿城風絮　再
次脈脈地埋下了伏筆
分食的愛難以多撥一些出去
離去，是想讓荒蕪自由呼吸

寫於瑞士里昂

刊登於臺灣時報副刊

臺灣文學二〇一一・九・二十三

心氣象

濕度　100%
有風　西／二十一公里／小時
能見度　渺茫無際
露點　十三度
氣壓　未知
日出　4:59
日落　00:11
多霧　氣溫不穩
寂寞　加熱高溫
意念　滂沱大雨

遺憾　零散雷雨
孤獨　海嘯喧嘩
情思　地震潛伏
青春　梅雨樣態
愛情　雷達回波
幾何　不易預測

刊登於時報文學副刊二〇一一・四・四

駱駝

最後一滴淨水
觀音的淨瓶盛走
拒絕水上漂的舟，風沙止步
烈日以滾燙長吻
燙翹了我美麗的睫毛
綠洲，是庇護我的御守

刊登於時報文學副刊

儂情

願在絲而為被
寒夜伴君側相隨……
願在林而為竹
撚成扇為君消暑……
願在紙而為詩
畫押成字供君讀……

註：蠶絲（意指禪中的摩尼寶），人化中空的竹子，隱喻神妙的佛性吹拂，以紙畫押成文字般若

刊登於香港文學報

卷二

心靈莊園

心靈莊園

趁夜微醺，隱祕清寂的井泉
汩汩湧升　既迅且速
蕙質靈心　長眠於此

這八方之地，我代上帝畫押給你
心靈莊園任你種植
植栽屯墾　悉憑尊便
縱情怡性　任運隨機

翻閱過沃土
雜草莠艾　各自榮枯
蚯蚓蟲蟻　各覓生路
草藥萌生　自有芳菲美名
金穗抽吐　自成佳糧珍穀

深耕期
必須有雨，一如孤獨之於呼吸
百毒的劍，鏽蝕指日可期
必須有風，一如點睛之於畫龍
音韻隨風，筋骨方能以言抒痛

刊登於馬祖日報副刊二〇一一・三・二

入定前

要像富豪一樣出手闊綽
砸錢　包下整個銀河
每位旅客奉送兩只ＬＶ
包下所有團體票
且親自送行，確認個個確實登機
送「群魔」旅行九霄
教「亂舞」不得四處招搖

接下來摩拳擦掌
對付三個燙手山芋

嚴禁「散」當流浪漢
要他沐浴更衣
沒收「亂」手中的缽
不准他喬裝唱佛
將「惱」的心部拆掉

很好
現在，你就是達摩
不必面壁思過
而是，入定
而坐

刊登於《乾坤詩刊》二〇一二年春季號六十一期

困獸之鬥

靈感　不願定坐成沉默的山
風行天上，甘霖無意普降

藍墨像小狐逃荒似的　渡河
幾乎在渡過的關鍵時刻
卻把尾巴打濕了
繆思緘默……

墨痕想既濟，茫然的筆羽
卻變成陰柔無力的未濟

奮力與劣根作困獸之鬥
逞威的文字瀕臨割捨
就意味著狹小的舟，渡不了寬長的河
驚風擁沙，誰敢巧取豪奪

戛然，一格格的棋田
於黎明的前一刻
涅槃了

註：此詩以周易卦象寫靈感的捕捉

刊登於臺灣現代詩學
《笠詩刊》第二八八期二〇一二・四・五

聖山

菩薩您瞧！
這麼多信眾　　三跪九叩
朝您的聖山去　不辭千里
我卻還在這裡種詩給祢
菩薩低眉輕語：你去！
我且許你一個千載於須臾
你可以叫山走向你
你是芥子可納須彌
你可繼續淘氣
安心的作你自己……

註：此詩意象：每個人心中都有一座聖山，只是不自知，一直往外求，偏偏捨近求遠，千里跋涉朝聖

刊登於《創世紀詩刊》二〇一一年春季號一六六期三月

一葦渡江

此刻
　該由你親自粉墨登場
考慮生命要不要和頑強一起捆綁
隱在生命感知的地方，完成最後樂章
揭破生命可笑的驚驚顫顫
貪瞋痴來勢洶洶　卻在劫難逃
終要像難遏的激流奔湍……

你要生命熠熠有光，且讓它高大非凡
隻手就可以撕裂陽光，叫太陽都黯然

以淺淺的笑　迎向天際飛颺
一葦渡江……
橫行於天地　五行和陰陽……

刊登於《創世紀詩刊》二〇一一年夏季號一六七期六月

生命

生命
很小就要開始練腳力練輕功
為的不是要參加跳高或跳遠
而是看看能不能　一步登天

後來發現，腳並沒有想像中那麼長
於是縮短腳程，改跑馬拉松
跨過明亮的黑暗　歡欣的悲愴
練就一身硬骨子的柔軟
煎熬一種無可預期的走山

熬煮過後　生命一如死之堅強
教夢想自己學會千里奮戰
易碰碎的體質，開始篩選混血的雜質
用心苦讀　塗塗改改的美學

歲月如流……
年壯的生命路經無常這一站
於是鼓起勇氣跑去找地藏王
告知雙親的編碼，請求慈悲的菩薩
為漠然堪憐的靈魂　渡化

日出夕照，春秋來來去去好多遍
強而有力的幫浦已漸漸
氣若游絲，連止痛藥都來不及吃
就羽化
登仙

註：此首詩寫生老病死，及最後對生命的無奈，作者在相信中安身立命，在無常中給予信心，在最後的一瞬給予救贖。

刊登於《創世紀詩刊》二〇一一年冬季號一六九期十二月

罪

恍爾……
睡成一具焦黑
　睡成一團淚水
冷冷的　冰冰的
與悲切一起依偎
可否取一些來洗罪
洗出報　洗出業
洗出血　洗出劫
洗出無量罪根
一世的翻頁
　叫泊宿的血，啞口無言……

刊登於《臺灣詩學季刊》

還原

星月不肯被情節盤據
夢也不想留狂野給泥
而不發一語的竟是沙
　笑底滿滿燦然的悲意

飛沙一夜輾轉　成雲
與烈陽共謀，摺一張光譜回去
壓成薄薄的染色封印　等著
看起來像一朵安靜雪白的浮水印
橫渡傲向拜占庭

雪白化作湖鷗　飛到窗前
千年趕來，若要溺在沙漠海
但願　佛還原我
此生無法導化的無緣

刊登於時報文學副刊二〇一一．五．二

坐忘

冥想　縱躍一身
翻出蒼白的驚濤駭浪
宿命不諳水性
這夜
跌成了
　　一曲敦煌
輪迴為一縷絲帶
隨天女散花從經典飛出來
入
婆娑十萬里，從五百梵天

草木金石中
尋
回
一
朵無邪
的
冷
然
陪佛陀夜讀三千晚
在橫無際涯的沙岸閉關
於縷空的禪房　坐忘……

刊登於時報文學副刊二〇一一・三・十五

花想

冰魂雪魄　冷豔一夕
我不屑不屈的瞥紅
急著想出家
落髮為泥
與大地合而為一

註：紅，被解讀為急欲遁離，毫不戀棧的「冷豔」，但那其實是有心有意的。
作者想強調的是「無心」，對「紅」，並無不屑，只是想強調一個平淡的「活」。當然，也不只是這個「活」而已。所以用「瞥」，而不用「撇」，因為後者，太蓄意了。

刊登於馬祖日報副刊二〇一一．三．三十

微空

狂風刮破了窗外的天空
滂沱的雨走漏了消息
迸裂　暗留最美與最苦的
玄機

瞋念如潮擴張
或收　或放
觀一個是緣的假
或顛　或狂
觀一個是愛的空
六塵　不停芶芡

喜　無抗體
悲　趕製中
善　已走散
惡　摘下虔誠之影
貪癡　一直搖鈴
明　被金烏給馱走
境　被移植去蓬萊
佛　若願意
請度化我一莖
借我一小乘
栓緊繫繩的牛
可以隨意吃草

刊登於時報文學副刊二〇一一・五・三

應許

試煉的燧石裡包著　火種
誓死不悔的幻想將它們敲擊
敲出明亮的火星光，合成的欲望
奮起遮護天使的反

陀螺轉動的不確定感
優柔何以翻滾不出寡斷
一顆小小獨坐的　因
冒出勁爆擠兌的　果
狡詐莽撞的陰柔

不罷休的三重奏破戒了
報應雖行動遲緩
結算日還是得由命買單

來不及穿上修辭的詩
在憂鬱的緯度蹬步
不等最後的應許
拒絕靜待天命
無畏的殺破狼要
絞碎天地
親手掀得徹徹底底
才揚長而去

刊登於時報文學副刊二〇一一．八．九

關於心情

關於心情，我深深知道
無論我做得如何再好
都比不上
如來腳下那朵蓮來得好

刊登時報文學副刊二〇一一．五．三十一

眸

一笑就生出百媚
多了水紋的兩尾魚
是否還游得回青春的
海域？

刊登時報文學副刊

最後一塊淨土

耳朵一聽到，有詩人遭流彈波及
有人心臟，以秒殺的速度跳出去
他需要腳的幫忙
也需要手　助一臂之力
俯拾抖落滿地的詩句

細碎的單字不識抬舉
任性趴著不起
拼湊不了凌亂
視網膜無力幫忙

害兩條眉撞在一起
眉下的那兩條魚投河

待風起雲兮
歲月伸手將詩句搓揉化泥

五百年後，人間出現一塊淨土
從淨土裡冒出的萬物
都是詩

註：這淨土不一定是物理、地理意義的淨土。亦是心理、心靈意義的淨土。詩人耕耘的，無非是這渺渺蒼蒼、無際無涯的淨土。生態浩劫的今天，這就是「最後一塊淨土」。此詩亦有點盤古開天地的意味。詩人是宇宙的帝君，萬物的命名者。凡詩人所歷，遍地皆是詩篇。

刊登於時報文學副刊二〇一一・三・六

等待起飛的詩瓣

那是一葉被擊成兩半的詩
昏倒在掛反的抽象畫裡
神隱「寺」院藏經閣，無「言」
等著水火相溶、等著陰陽共生
等植入一襲纖穠的荒涼
等著從莊子的夢中飛出

飛入詩經的大序翩翩彩舞
把時間亮成觸媒　以蝶式拍翅

刊登於臺灣現代詩學
《笠詩刊》二八八期二〇一二・四・十五

卷三

詩蹤

冰

隨遇而安的意願高
以一種酷勁的冷姿態　合羣
沙漠裡最美的天堂
不穩定　是因為沒求生意志
許你熱情的一擁
但絕不容火來侵犯
終其一生都在編輯，曾經是水的記憶

此詩榮獲二〇一一年聯副文學現代詩謎優勝金榜獎二〇一一・四・三

魔笛

素來　生命的魔笛
無聲　卻動魄
一如高溫的火，抑揚頓挫
散作一拱　晴嵐迴廊
在荒煙蔓草中邂逅
無法破解的熒然光度
盈握手中的低溫
以聲窮響　如參辰落地
圈住神諭　追風　捕雨

流光不在乎換上夢幻的紫外線
遲遲不肯馳騁出睥睨
一如我不願我自己
綑成一束
真相的　光譜
經典的　瑰麗

刊登於臺灣現代詩學
《笠詩刊》二八五期二〇一一・十・十五

老師傅的刀

說好
不能上麻藥
鑿刀攻堅　去蕪
無論如何都要忍住痛
切割　以內功心法
高速旋刻出淒聲
哭出醒綠色澤
神匠煉兵　　磨
只為成就一塊　　曠世美玉

刊登於臺灣現代詩學
《笠詩刊》二八四期二〇一一・八・十五

紫羅蘭

為愛捨棄永生的靈魂
我含蓄的清尊
原來是那麼不定不實
　　　　　　混淆不止

如果你肯
捕捉我眸底奔放的呼吸
我的芳郁
會不顧一切地迤邐
　　　　　　馳騁
　　　　　　　　而上

我的搖曳，會鏤出無邊無際的曼妙
請勿太華詞麗藻
因為，你詩底下的清尊
便是我最動人的恩寵

我含蓄的清尊
漸漸地養護起心，寶愛起情
好讓你看到我時
是最纖柔亮麗的花容

刊登於臺灣時報副刊
臺灣文學二〇一〇・十・二十一

鯨魚

堪稱世間奇物
宇宙的藝術大師在第五日
創造了海中巨霸的我
我名叫鯨魚，造物主的賦予

我非魚
是喝母奶長大的
一百分鐘換一次氣
極佳的潛水員，不必穿潛水衣

我曾在白鯨記裡擔任主角
雖不領酬勞，但也卯足勁演好
日夜能飲的不過是口鹹鹹的威士忌
宿醉後輕吐一抹珍珠白綠
我總是勇敢地秀出自己
以一種跳躍的舞姿巡禮

關於我的傳說實在太多
我周遊列國
　為了在海洋討生活
我不得不老謀深算　自立自強
狡黠狠毒只為使深淵開滾如鍋
若不幸擱淺　就要自求多福了

刊登於臺灣時報副刊
臺灣文學二〇一〇・十二・十三

海

你一定見識過我，一派撩人的剽悍
三萬種笑聲　不善說謊
幾億年的蟄伏
只因時間無法將我風乾

風神來探班，就無止盡地輕狂
多情出自本心，奔湍總為情長
跟風藕斷絲連
湍急　無非是想
將高捲的激情平緩

朵朵貝爾曼旋轉
是不懂隱藏　滿腔的歡喜
別猜我暗藏了多少心機
只須笑看，這吉普賽的人生佈局
為我著迷

註：貝爾曼是花式溜冰跳躍轉三圈的術語，意指捲起的浪花

刊登於金門日報副刊文學二〇一一．四．二十六

雨思

我來自聖城
忙於傾訴曾經是雲的基因
綿綿細細的衷曲，彈在濛濛湮水裏
如歌似泣
很想安分　偶爾也失了分寸
體溫生冷
冷卻　心花溫存
冷卻　萬丈紅塵

你一定嫌我聒絮　討厭我的脾氣
晴時多雲偶陣雨
連我都不能忍受這樣的自己
但　為了打探你斷訊已久的消息
我不得不如此　漩急
以透明的速度

刊登於時報文學副刊二〇一一・四・二十六

向日葵

天底下就屬他們最厚顏
天底下就屬他們最無法無天
蝴蝶和蜜蜂不是來喝彩
而是一朵朵吻過來
撥不開這麼盛情的讚美
才驚覺，原來我正是耀目的向日葵
上帝欽點的燦爛
溫吞趺坐在春泥裡
天天對著東方笑瞇瞇
時而給自己鼓鼓掌

那惹人厭的蜻蜓最煩
老愛取笑我孤芳自賞
他哪又知道眨眼有多忙
還要遮遮掩掩傾洩的春光

啊！東風郵差快醒來
快幫我將花粉投遞出去
嗡……噓……蜜蜂你別吵
我等愛神的飛鴿傳書呢！

刊登於時報文學副刊二〇一一．三．十八

贏家

通過千丈的垂天大翼
詩神終於將骰子擲進我的詩碗
我們比大
連連每局我都翻出了第七面
詩神著了慌轉身回宮殿

現在，換我作莊，歡迎各家好手上場
這回賭的是，誰擲得出一把空無
誰就是贏家

刊登於時報文學副刊二〇一一・八・十

楓情萬種

輕翼的遊魂
　　猶如一枚無線的風箏
　　　性剛　烈如火
保不住血脈
　　一世只輪迴一季的年光
謝幕時卻要雄壯得一派淒涼……

刊登於時報文學副刊二〇一一・四・八

太陽回家

黃經二百四十度　太陽報到了
卻無人通知上帝說祂的天使走失
杜鵑鳥向遊子啼出不如歸去的建言
打開摺攏過的記憶光纖
背起海　攀上藍色的雨聲
雷催著雲快踮起黑芭蕾舞鞋
將舞臺踩成凌亂
先送太陽回家

好讓時間把歲月
煮熟

刊登於中華日報副刊二〇一一．十二．三十

天破石驚

驚濤只有三歲小孩的智力
生性孤僻，奔流千百是為琢就一段奇
不管婉約多委屈
非得徹底化成巨大隕石
摧毀整個銀河系，鋪天蓋地
俯向闃寂的海域
崩石　裂天
　水擊　九萬里……

刊登於時報文學副刊二〇一一・五・四

梅雨二分之一作品

上引：一枚青春

風　好靜
頃渡　銜著一枚青春
浸在　光碎玉波中生死相許
泡成　潭潭梅子綠
這是　一葉五月
恣意　魅惑詭異的赤裸朝夕
想是　當時桃花喚渡

依偎季候　南風裸舞
不肯掩飾　你多汁的眸子
莫在心上　澆出一夏日
　串起你　水晶簾的珍珠

下引：一葉五月

　串起你　水晶簾的珍珠
莫在心上　澆出一夏日
不肯掩飾　你多汁的眸子
依偎季候　南風裸舞
　想是　當時桃花喚渡
恣意　魅惑詭異的赤裸朝夕
這是　一葉五月
泡成　潭潭梅子綠

浸在　光碎玉波中生死相許
頃渡　銜著一枚青春
風　　好靜

刊登於時報文學副刊二〇一一・五・八

楓掉了

與秋天簽了一季長長合約
通過不悔的不悔
以嫣紅一生作酬謝

半天折翼在標本夾層裏長眠
此去　魂不知要再等幾世紀
夜越晚　晚不過一瞬癡顛滔天
妝不下　貪著一抹嬌紅的火豔
戒了淚　的眸忘了冷冷的冰敷
脈理畏熱禁不起寒光滾燙

葉柄沿風華直寢黃土高岸
主脈叫活醒給撥斷
屈膝與死神交談
我要求公審
這是我的籌碼
我拿命換

刊登於臺灣時報臺灣文學副刊二〇一一．十一．三

卷四

詩想家

單

來！請進門
歡迎你盡情地「闡」述

相信你一定害怕落「單」
這樣吧！出門帶把弓
學習身段懂得更「彈」性柔軟
一旦點上「藥」
你就火大了

抓隻蟲倚在左邊
就可以響徹雲霄整個夏天

換季之後，若不想再形「單」影隻
何不「示」現以報天地大德
參亦無妨　點化慈悲喜捨

刊登臺灣文學創作者協會副刊二〇一一・三・二十三

獨醒的魚

行吟澤畔的大夫
硬是聽不進漁父千叮萬囑
如今恐怕是悔不當初
若不是執意游進江裡找一條叫獨醒的魚
怎須每年端午，奔赴東海請罪
陪龍王泡下午茶跳恰恰
害人家海龍王宮每逢五月五
宮頂就被粽子砸出窟窿大
蝦兵蟹將還得吃一整年才能消化

當一隻獨醒魚多寂寥，煙波釣叟也逍遙
總比溺水好……

刊登於金門日報副刊文學二〇一一・六・九

詩人的某一天

詩人某一天的行程如下：
一大早先跟莊子逍遙晨跑
再陪泰戈爾一起去漂鳥
恰巧邂逅捕風捉影的莎士比亞
為我解開五百年來虛實交錯的謎團
中午約紀伯崙到先知家吃午飯
與染著的心共享一份潔淨聖餐
下午再忙也要和貝多芬喝杯咖啡
黃昏則與日久生情的黑格爾散散步
夜來悄悄和他曖昧地勾勾手
乘著璀璨的星船　話美學輪廓

這花前月下豈能少了德弗乍克
可心頭卻又忘不了莫札特
子夜和蕭邦一起彈彈琴
而撩撥的手忍不住想染指小夜曲
這牆要不是太高，早就翻出牆外去
唉！整晚暗通款曲　幾乎逾越了
可是呢……　又沒有……

刊登於《乾坤詩刊》二〇一一年夏季號第五十八期

迷人的荒唐

我要一把高音域的小提琴
拉出過重的虛幻
拉出超磅的習氣
拉出喋喋善感
至少，讓生硬的手指暫時鎮壓住
暗雷低迴的狂
掠過明朗的E弦去獨奏我
迷人的荒唐⋯⋯

情深不知處　天低四野
A弦與D弦，一如無從熨貼的綴美
化氣為囚，只有第四弦的音量
知道咆哮而黯淡的迷惘……

刊登於臺灣時報副刊
臺灣文學二〇一〇．十．七

詩田

搧惑著
翦水般的兩眸
我家的水牛被綠草給慫恿
可怎麼拉也拉不動
醉倒的蛙　撲通！撲通！
我是個笨農
枯望一畝田
手中的鏟子，要命的笨重
在吹笛的黎明中

打盹的燥氣望不見天風
不曉得　如何下苗耕種……

刊於臺灣時報副刊
臺灣文學二〇一〇・九・十三

沙漠旅人

紛華剝蝕的詞，晝伏夜出
以一種雪的潰敗　流亡
日夜策馬　尋求變裝
雲手想複製一汪波瀾壯闊
卻借不到太上老君律令
來點石成金，睽違的奇蹟無緣降臨
徹夜，幫每個句子剝肉剔骨換膚
痛貫心肝，直到大死一番的神髓
脫胎換骨

遺世獨立的　荒蕪
碾出飛砂走石
沙漠旅人乾涸的名字
被磨亮成一顆燦璀奪目
鑲在天際

刊登於時報文學副刊二〇一一·三·十三

薔薇花間

相邀蘿風中
瞬息之間
無來無去……

薔薇　翦翦風瓣
輕聲低笑
以小小的意念
把自己發酵成
一罈溢滿陳年香氣的　花酒

刊登於時報文學副刊二〇一一・四・十八

飄飄

張羅來念頭飄飄
卸不下心事飄飄
長了翅的淚飄飄
放飛的瞋癡飄飄
重如山的業飄飄

苦難的大雪飄飄
煩惱沙塵暴飄飄
松花困冷霧飄飄

滄桑飛沙似飄飄
過期的往事飄飄

心事扮盛裝飄飄
犯愁像浮雲飄飄
孤獨高雅地飄飄
成仙的伴侶飄飄
潰堤的幸福飄飄

靈魂踏狼煙飄飄
命運的風箏飄飄
歲月的摺紙飄飄
詩想精采的飄飄
潑灑出墨魂飄飄

來飄飄去也飄飄
想飄且讓它去飄
請問飄多遠最好？

註：飄飄是雙關意：有蔓延、擴散、瀰漫之意，也有輕靈、易結、易解之意。想飄多遠？想朝哪一意發展，都在當下一念。

刊登於時報文學副刊二〇一一．五．七

永遠的沉默

為何祂對我特別鍾情
那深藍繚繞的眼睛——

天上的繆司（Muse）
偶現應是盡善盡美
可詩神是
不與草包為伍

我可憐詩魂啊！失去了庇護
一如，從廣袤豐饒疆域被驅逐
裝模作樣的腳印

隱密的守獵者，等著瞧吧！
馬上可以從詩牆上讀到我的貧
哭哭啼啼的濫情正邁向灰燼
觀照不到真理的美德，是沒水的河
全怪我那該咒的貪求

我可憐的詩魂呀
蒙主寵召
開始侍奉起陳腔濫調
害詩韻備受嘲諷　顏面盡失
無法低迴　無法敘述
佈局
吐著灰白殘羹餘汁
死於陳鋪　死於朗讀

騷動的情緒淪為惡魔轄制

鄙陋迅疾玷污了神聖殿堂
　詩神不肯來當我的法官
　庭上最後的審判
是沉默的沉默永遠讓我遺憾
　在祂的國度裡
我完全喪失了逗留的餘地……

刊登於《臺灣詩學季刊》

迷・亂

請你去看一看
花旋舞淡定的謎樣清香
泥土張開耳朵聽花落的輕響
溪澗逆旅　魚群爭先
喋著三吋裸光
而倥傯的詩
千里涉水來得如此魯莽
你真該教教它們學巨岩阻浪
穩　而避其亂

刊登於時報文學副刊二〇一一・五・二十七

代罪羔羊

缺乏抵抗能力
驚慌　失措
難以自圓其說
無法作困獸之搏
你犯下的　滔天大罪
你闖下的　滔天大禍
一概替你承擔

刊登於時報文學副刊二〇一一・五・三十

飲你以我的眼

以為自己就是海水再也不會渴
以為被日光洗過　愛更勁瘦
棲宿於春風都吻不到的天涯
怕踩到浮潛海角的水雷
怕心以鳥的姿勢啄破了愛的藏寶圖
怕雪還小　滾不成球
滾不出一晌巨大

不過　就算蹲跳的陽光走位
還有月光水色陪我擊空明溯流霞

就算小如米粒的珠花無法命名
還有漂泊的夢可以灌漿
相信彩虹的回聲送來的那半弧好酒
以眼飲一口　定大醉十年

註：有關「一晌」的晌字另一註解為東北的田畝單位。「一晌巨大」聯想起「一晌貪歡」，加上東北的田畝單位，等於是廣袤的空間加倏忽的時間。意象曖昧多義，因而層次多元且豐富。若換其他的詞，就少了這多層趣味。

刊登於臺灣現代詩學
《笠詩刊》二八九期二〇一二・六・十五

靈媒

天亮之前
潛入繆斯神殿
向哨兵辦了張永久會員
可隨時入倉庫取新點子
凡軀被培養成訓練有素的
先鋒戰士，一路開疆闢土

此後　我不得不謙卑
以辨認密碼身分出現
搖身成靈媒

龐大集團海嘯之姿，撥雲見日
管住　不肯振翅的墨
從細沙中竄出一對翅，背脊鑲嵌天文
振翅開張　銳不可當

刊登於時報文學副刊二〇一一・三・十六

讀梟

領有執照
是當今世上最大的讀梟

我是個販讀分子
在方圓五百里

販售讀品　兜售吸讀
低價供應　滿足書癡
優質讀窟　造福讀蟲
專解讀癮　無須戒讀

童叟無欺　良心誠實
賣我的服務　買你的眷顧

刊登於時報文學副刊二〇一一・九・二十七

花·花世界

選擇當尾苦魚
還是等開了才富貴
以雙胞的身份綻在
三千世界

註：「苦花」是一種魚名

刊登於時報文學副刊

卷五

神奇的藥

神奇的藥

倘若　我的詩是一帖神奇的藥
那該有多好
我就可以解除你所有的痛
挽你入夢……

倘若　我的愛是一濤巨浪
那該有多好
我就可以到處奔騰地呼喚你……

倘若　我的愛是微煦的陽光
那該有多好
我所投下悄無聲息的一瞥
就足以讓你容光煥發……

刊登於臺灣時報副刊
臺灣文學二〇一〇·九·七

是誰

是誰？
要我……吟詩撥琴
回眸……一再傾聽

這又是誰，向神仙批雲賒夜
超貸那麼多風花雪月
請來風　吹皺一池春水
要我巧笑娥眉，要我化為小橋流水
為你嬌　為你媚……

啊！恕我把承諾繫上了千千結
這二字這麼重怎麼給
到底是誰？禁不起撕肝裂肺
纖手　無寸鐵
豈能把天長地久拆得四分五裂
今生　若欠了你一缸淚……
來生　是否得還你千倍？

刊登於時報文學副刊二〇一一．三．二十四

深情賦

你是淚壺一只
耶路撒冷望不見你的路
滴垂的情淚冷若寒珠，冷若寒珠
沒有詩　寫你深情賦
沒有動人的曲目，生死與之
猶是夜的祭品
不知其然而然的　無心
在無聲潛艇，聽淚的跫音

刊登於時報文學副刊二〇一一．四．十

心情（一）

巴洛克——
秋的協奏曲，天空碧澄如洗
我在祂眼裡
遠不如
　一株海底珊瑚安逸……

＊　＊　＊

夜擲一谷金
晨投萬頃銀——

刊登於時報文學副刊二〇一一．四．十四

心情（二）

淺間山
　不定的潺潺
天鵝跳響水雲鄉
輕踏
水愁絕　山色韻味
旋傾，浮雲事

＊ ＊ ＊

草上夢之舟，沙漠的春帷
釀造一壺無邊風月
盛入天上人間的杯……

寫於瑞士
刊登於時報文學副刊二〇一一．四．十七

情紋

餐星飲露的空屋
沒有可以貯存風花的罈子
雪月
　放浪於江湖
癡頑凜白的情瞳　風化
生成情天情海的　情紋

刊登於時報文學副刊二〇一一・四・二十九

昂貴的夢

傳說愛
一直住在夢幻城堡
占卜著幸福氣象的晴雨表
撲克、塔羅、水晶球
卜算未知的
　　天長地久
遣魔咒翻山越嶺找邱比特……

當武士拉開護城河橋
聽說愛
緊緊拎起華麗的裙擺

連夜驅馬車奔逃
狠下心來把天涯逼出海角

據說愛
　　的情懷
詩最明白
懇請瓶中信捎個口信

信收到，已天荒地老
詩　抓住一束昂貴的夢
向噓氣前的愛飛奔
並對她說：妳本可以美夢成真
但妳選擇了壯烈犧牲
而我的故事還長得很……

刊登於時報文學副刊二〇一一．五．十八

琉璃（十四行詩）

我捧著聖詩細細典藏　不懂得解讀
卷卷都交代一個困難　收翼的天使
手中明珠　渴慕榮耀的翅膀來圍覆
你的羽翼我卻懼畏　怕還不起酬謝
春天竟開了你的萼梅　我無言以對
拂袖而去　是深怕眉下的那一對魚
不能控制他們自己　洩漏所有祕密
只好任性地　讓那對魚不停去哭泣
愛禁不起算計　如何一生與你對弈
甚至沒看你手中的棋　就匆匆離席

嚎啕固執　被拋光成十克拉的慌淚
攀月　卻忘了幫金碧如闕的笑充電
天大雪　覆蓋一場未經交鋒的戰役
如何賠得起　你把淚珠燒成了琉璃

刊登於時報文學副刊二〇一一·三·十九

四姑娘

離了岸，雲不忍回首望
都過了萬重山
可憐兮兮的情姑娘
借不到閃電的眸光

煙霞漫　風約雲藏
楚楚的相思姑娘泛著斜陽
凋謝了殷紅的妝
這又是何苦呢　姑娘
殘破的詩莫要一翻再翻
一吟再三……

夜如霜
脈脈含情的詩姑娘
細把心事拆兩半，灑在紙上
咫尺天涯　各自惆悵
煙碧雲涼　緲緲兩相忘

山蒼蒼　路漫漫
怎堪日以繼夜地趕
舟已斷　馬已癱
委屈妳了可憐的淚姑娘
要妳一人獨行萬里長……

刊登於時報文學副刊二〇一一．三．二十九

愁

無形可指
無質可量
無體可數
秋臥在心
無藥止痛

刊登於時報文學副刊

卷六

千山萬水

一種錯落的美——阿西西

星辰渴望一種錯落的美
在夜色環抱之中
背著一份淡藍純淨
朝向一生該來的地方紮營

第一次展翅在斯帕吉歐山腰
輕翼飛入阿西西的懷抱
塵封的靜謐重回聖召
像風奏出甜美聖歌環繞
一瞥崇高不再受潮

沉默是嚷嚷的喧囂
生命的顏彩平復了古老

聖方濟各的
聖寵　嵌入眉宇間停駐
聖愛　鎖入中世紀城池
走出迷霧的青春山谷
痛楚的幻影不花不癡

隱居的憂愁開始，播下歡愉的種子
絕望　變成一張模糊的地圖
山城　花開成了聖語的高度
塵埃再也找不到自己的名字

聖言傳音入密
教幽暗懂得謙退隱匿

當太陽宣示大地的光明日
心之器悄然輕卸萬慮千絲

一場淨化澎湃的遊戲
這裡沒有浮士德交易　只有
牧歌　唱破了兩個高音的音律
聖愛的烈火　炎炎不熄！

註：阿西西（Assisi）位在義大利中部溫布利亞省聞名遐邇的城鎮，是因它是天主教聖徒「聖方濟」（San Francesco）的誕生地，也拜此宗教色彩之賜，使它在歷經數百年政權動盪交替之後仍得以在文化、景觀、習俗維持相當貼近傳統的樣貌。

刊登於《創世紀詩刊》一六七期
二〇一一．六月夏季號

藍色多瑙河

我輕轉的無詞　來自一種傳達
所以　我在蒸發
向西班牙向巴塞隆納……

我要不是天泉　又怎會
一隙隙纏綿　　藍的悱惻
日日夜夜不眠不休
舞絮絮　　無邪的嬌羞……

從滾不盡的渟渟
與花箋草香說愛談情
從不知然的竊得
弄醉了一身藍的倏爍……
淺織笑紋
　　我悄聲的野渡
以純真　吻遍你黛色的水袖
在你耳畔朗讀，世間最美的詩……

寫於多瑙河
刊登於時報文學副刊二〇一一．五．九

水島——威尼斯

詩的酒窩　細讀你
撩人醉意的淺笑
以藍過一塘水天似的水珠寶
傾瀉出，你千座水島的花俏

我的繆司
　　浮出了一道道線條
醞釀出嫵媚水漾的細潮
湧起金幣，借海神之手傾倒

水漾詩譜
也跟著響起高亢的歌謠
飆響你群星的樂章
其實　所有的詩神都知道
思路早就答應了詩情之邀
狂戀發燒開始引爆
驚跳……

寫於威尼斯
刊登於時報文學副二〇一一・五・十

呢喃

那深眸無聲的耳語
水草，讓自己盈盈的記憶
悲憫著晨光糾纏不清的露珠……

那深眸無聲的耳語
水露的醉渦擁起走散已久的風……

那深眸無聲的耳語
輕渡　一溪婀淼依洄的手姿
醒露，掉進康河的柔波中尋夢……

那深眸無聲的耳語
悲思，變成我懦弱的翅膀
隱滅而浚深縱闊……

寫於英國康橋
刊登於時報文學副刊二〇一一．五．十一

驚・飛

掀開夢，驚飛接霧的晨
重回熟悉卻又憶不起的城門
鑿開千年時空的御河
聽見記憶
跟卡夫卡相約的一行春天

整整兩個月
我們陪著長了翅的咖啡
一塊飛進城堡裡　在舊城……
將暮光低垂成清涼而完整的黃昏

那朗讀的笑聲，直到那些呢喃的海洋
把我搖晃成一葉平靜的小船
在伏爾塔瓦河上靜靜　躺……

註：世界上很多國家都有一條美麗河流流經，孕育出一個個文化輝煌的偉大城市。在捷克，你不能不注視伏爾塔瓦河（Vltava）；它由南到北的流過捷克的大城小鎮，灌溉波西米亞平原，牽繫著捷克千年的文明過程。伏爾塔瓦河流經布拉格，為這個城市劃上一條柔美的曲線。十九世紀卡夫卡寫了〈城堡〉，城堡就在山上，它像一隻巨獸冷漠地、威嚴地高踞在那兒。

寫於捷克布拉格

刊登於時報文學副刊二〇一一．五．十二

愛琴海

美，以亞歷山大的方式征服
在燦爛的午後
駕著阿波羅的金色馬車
在宇宙中來回奔走

風　伺機而動
漫向天光染虹，雍容了雲朵朵迷濛
而愛琴海最怕的是洶湧

於是
風迴游領著她泅泳……

於Greece
刊登於時報文學副刊二〇一一．五．十三

禪來禪去

去！去！去！
無識　無識
我祇知
朝半日　暮半日……

去！去！去！
無事　無事
我只是
細望荷蓮三株……

刊登於《臺灣詩學季刊》

真空妙有

思想乘風去　時間獨坐氧化
我本無意在藏經閣定坐成木魚
卻輕沾了一枚法喜

刊登於香港文學報
刊登於人間福報副刊二〇一〇・十二・〇七

翡冷翠

何以為據我猶豫
何以下筆素描你
你未著美裳，僅披薄紗
月一樣的緘默
風雅地縱情望著我
含情脈脈
遞給我一束溫柔
害臊的樣兒想入我的詩冊
可惜
我沉澱笨拙的藍墨

恐要有負你所託
無力採擷你的風跡
自詩歌中鮮活

寫於義大利佛羅倫斯
刊登於時報文學副刊二〇一一・五・五

竹

去天一握！
在達摩之前
我的心早就空了
別問我
無心　何以　愛自己
我的心翼自得菩提
我的悲　有了法喜
一著安靜的法喜……

刊登於《創世紀詩刊》二〇一〇冬季號一六五期十二月

繁麗星河

智者承天地　生命價幾許？
莽莽不羈的靈魂未開化前，
總要為它們自身的桀驁不馴所苦
生命中的精神危機，
誰能以英雄的手勢操演先知的話語？

托爾斯泰說：
在生活中要誠實面對自己的危機，
並努力跨過危機，
豐富自己的坦然與真實。

也因為這樣，人們才更能理解生活，
當你不快樂，那就改變生活，
因為上帝在生活中……

私如是想：
仁慈的善待別人，勇敢的面對自己的痛苦，
經過重重危機的心靈成長，
想必定能為困頓的生命另闢蹊徑，
並將它妝點成一條繁麗星河……

刊登於人間福報副刊二〇一〇．十．十九

半朵

別看我的眼，別看我的眉
怕你猛然的一瞥
會把我的玉瓣碰碎……
不讓你看赤裸的香
是怕開得過度嬌媚
　所以不敢
想以香氣　嫻雅地飄向你
飄向你，幽幽的減輕你寂寞

你微溫的額是我殘留的天國
　所以我
　　找不出要全開的理由
徐徐的馥郁想成為你的密友
我只開半朵　只開半朵
淡淡的香一抹……
解你紗幕裡　低語的愁……

刊登於時報文學副刊二〇一一．五．六

智慧之劍

置身曠野　大千一塵
鋒芒想逃　逃向無境
天兵天將破浪而去
一路屠殺沉睡的憶
左右三寸　不見血的翅

我不是武士
捨了寶劍拾起牧杖
兜裡的宮本武藏
輕數刁難停頓的筆觸

卻數不出定或住
數不出
鏽蝕一丈的
高度
看來　能斬斷思維的
唯有那把安頓的劍，那一把劍！

我不是浪人
武士亦非我的境域
不諳殺機　不諳殺氣
修煉永恆　愛與真理

刊登於時報文學副刊二〇一一．五．二十九

作者生平

・作者：甲木木

・得獎記錄：榮獲二〇一一年聯副文學現代詩謎優勝金榜獎
徵稿作品入選《臺灣詩學・吹鼓吹詩論壇》二〇一二年《吹鼓吹詩論壇十四號》專題【刺青詩典】

・詩人著作：共著有八本書：第一本詩集《愛》、第二本詩集《誕生》、第三本詩集《生之河》、第四本詩集《愛了休》、第五本詩集《以愛養生》（秀威出版）、第六本詩集《幸福專賣店》（秀威出版）、第七本合輯散文書《情書》（晨星出版）、第八本書《作文範本》（呈宏文化出版）

•《以愛養生》和《幸福專賣店》兩本詩集總計收錄一五三首詩全部入選刊登於報社，有《聯合報》副刊、《中華日報》副刊、《香港文學報》、《臺灣時報》副刊、《國語日報》少年文藝版、《人間福報》副刊、《金門日報》文學副刊、《時報文學》副刊、《馬祖日報》文學副刊、和《更生日報》副刊、《臺灣文學創作者協會》副刊。

一五三首中有五十一首入選臺灣《創世紀詩刊》、《臺灣詩學季刊》、臺灣現代詩學《笠詩刊》、《乾坤詩刊》、臺灣《中國文化月刊》和《臺灣詩學・吹鼓吹詩論壇》、《大陸唐山文學詩刊》、《大陸星星詩刊》……等。

讀詩人12　PG0706

以愛養生
——甲木木詩集

作　　者　甲木木
責任編輯　黃姣潔
圖文排版　楊尚蓁
封面設計　蔡瑋中

出版策劃　釀出版
製作發行　秀威資訊科技股份有限公司
114 台北市內湖區瑞光路76巷65號1樓
電話：+886-2-2796-3638　傳真：+886-2-2796-1377
服務信箱：service@showwe.com.tw
http://www.showwe.com.tw
郵政劃撥　19563868　戶名：秀威資訊科技股份有限公司
展售門市　國家書店【松江門市】
104 台北市中山區松江路209號1樓
電話：+886-2-2518-0207　傳真：+886-2-2518-0778
網路訂購　秀威網路書店：http://www.bodbooks.com.tw
國家網路書店：http://www.govbooks.com.tw
法律顧問　毛國樑　律師
總 經 銷　聯合發行股份有限公司
231新北市新店區寶橋路235巷6弄6號4F
電話：+886-2-2917-8022　傳真：+886-2-2915-6275

出版日期　2012年3月　BOD一版
定　　價　220元

Printed in Taiwan

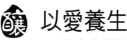

國家圖書館出版品預行編目

以愛養生：甲木木詩集 / 甲木木著. -- 一版. -- 臺北市：
釀出版, 2012.03
面；　公分. --（語言文學類；PG0706）
BOD版
ISBN　978-986-6095-79-5（平裝）

851.486　　100027003

讀者回函卡

感謝您購買本書，為提升服務品質，請填妥以下資料，將讀者回函卡直接寄回或傳真本公司，收到您的寶貴意見後，我們會收藏記錄及檢討，謝謝！

如您需要了解本公司最新出版書目、購書優惠或企劃活動，歡迎您上網查詢或下載相關資料：http:// www.showwe.com.tw

您購買的書名：________________________________

出生日期：________年________月________日

學歷：□高中（含）以下　□大專　□研究所（含）以上

職業：□製造業　□金融業　□資訊業　□軍警　□傳播業　□自由業

□服務業　□公務員　□教職　□學生　□家管　□其它_____

購書地點：□網路書店　□實體書店　□書展　□郵購　□贈閱　□其他

您從何得知本書的消息？

□網路書店　□實體書店　□網路搜尋　□電子報　□書訊　□雜誌

□傳播媒體　□親友推薦　□網站推薦　□部落格　□其他__________

您對本書的評價：（請填代號　1.非常滿意　2.滿意　3.尚可　4.再改進）

封面設計____　版面編排____　內容____　文／譯筆____　價格____

讀完書後您覺得：

□很有收穫　□有收穫　□收穫不多　□沒收穫

對我們的建議：________________________________

____

____

____

請貼
郵票

11466
台北市內湖區瑞光路 76 巷 65 號 1 樓
秀威資訊科技股份有限公司 收
BOD 數位出版事業部

（請沿線對折寄回，謝謝！）

姓　　名：________________　年齡：________　性別：□女　□男

郵遞區號：□□□□□

地　　址：________________________________

聯絡電話：(日) ________________ (夜) ________________

E-mail：________________________________